눈부시게 빛나는 날들이
너를 기다리고 있어

눈부시게 빛나는 날들이
너를 기다리고 있어

안상현 지음

빅피시
BIG FISH

차례

PART 2

자꾸만
예민해질 때 생각하면 좋은 것들

내 안의 불안과
스트레스를 다스리는 법

PART 3

내 마음을
힘들게 하는 사람이 있다면

요즘의 당신에게 필요한
사소하지만 중요한 다짐들

PART 4

결국, 한 걸음 더 나아가려는 당신에게

여전히 어려운 것, 하지만 두렵지는 않은 것

기다리던 순간을 마주하는 날까지

○

가만히 정체되어 있는 것들은
사실 좋은 때를 기다리고 있는 것입니다.
좋은 때를 기다린다는 것은
결국, 완벽한 순간을 위해
버티고 있다는 말이기도 하고요.

문제없이 '잘' 버텨내기 위해서
매 순간 좋은 상황만을 마주하면 좋겠지만
실로 그러기란 쉽지 않습니다.

마치 머피의 법칙처럼
삶은 오히려 나를 더 힘들게 하는 쪽으로

내몰아 세우는 것 같다는 생각을
자주 떠올렸으니까요.

그렇기 때문에 우리는
살아가면서 자신이 덜 지칠 수 있고,
덜 힘들 수 있는 방법을 꾸준히 찾아야 합니다.

기다림 끝에 행복을 얻기 위해서는
단거리 달리기가 아닌
마라톤 같은 긴 호흡이 필요하니까요.

조급해질 수밖에 없는
답답하고 불안한 상태에서의 호흡이 아닌,
괜스레 기대감까지 품을 수 있는
여유롭고 편안한 상태에서의 호흡으로.

마침내, 끝끝내,
기다리던 순간을 마주하는 때까지.

당신이 기다리고, 버텨온 과정의 끝엔
분명 형용할 수 없을 정도의 행복이 있을 겁니다.

욕심일 수 있겠지만,
언젠가 당신이 어두운 시간을 걷고 있을 때
이 책이 당신의 어둠을 거둬줄 수 있기를 바라봅니다.

여느 때보다
눈부시게 빛나는 날들이
당신을 기다리고 있습니다.

안상현 드림

PART 1

여전히,
잘 해내고 있다는 말을 전하고 싶어서

당신은 어디든 갈 수 있고,
무엇이든 할 수 있는 사람

이제는
○

네가 보이지 않는 곳에서
숨어 흘렸던 눈물이 있는 걸 알아.

괜찮은 척했지만
괜찮지 않았던 날이 많았던 것도 알아.

이제는 그 눈물이 행복에 스며들 차례야.
눈부시게 빛나는 날들이 너를 기다리고 있어.

어떻게든 행복하려고
애쓰는 일

○

출퇴근길 인파로 꽉 찬 지하철 속에서도
재미있는 영상을 보고
휴대폰 게임을 하고
동기부여가 되는 말을 보는 거.

눈 깜짝할 새 지나가는 점심시간에도
혼자만의 시간을 가지려고 하거나
간단한 운동이라도 해보려고 하는 거.

그렇게 바쁜 하루를 마치고
집으로 돌아오는 길에도
친구와 문자를 주고받으며 안부를 나누고

급하게 영화를 예약해서 보거나
귀여운 동물 사진을 보며 미소 짓는 거.

하루에 단 5분만이라도
행복한 순간을 만들려는 사람들.

그런 모습들이 때로는 안쓰러웠다.
그래도 꼭 한 번은 얘기해 주고 싶었다.

또 하루를 살아내준 것이 자랑스럽다고,
이렇게 오늘도 꿋꿋하게 버텨줘서 고맙다고.

잘 살고 싶다는
마음

○

여행을 다녀올 때면
문득 그런 생각이 드는 거야.

여행 한 번으로도 이렇게 행복한데
나는 왜 삶을 지루하고 뻔한 것이라고만
단정 지었던 걸까, 라면서 말이야.

분명 매일이 똑같고, 지겹고, 살기 힘든데
여행하는 순간이 너무 소중하고, 행복하니까
더 열심히 살아봐야겠다고 다짐하게 되는 거 있지.

그때부터는 여행에 쓰는 돈도
맛있는 음식을 사는 돈도
아깝지가 않더라고.

아직 나는 모르는 게 더 많고
할 수 있는 게 이렇게나 많은 세상인데

내 인생을 너무 뻔하고,
볼품없는 거라고 스스로 나서서
한계 지을 필요는 전혀 없는 거잖아.

<u>스스로</u>
해결해야 하는 이유
○

내가 무엇을 하고 싶은지
내가 싫어하는 일은 무엇인지
나 자신을 가장 잘 아는 사람은
결국 나다.

그렇기에 타인의 의견을 들을 수는 있겠지만

마지막 순간에 판단하고
결정 내려야 할 사람 또한
다름 아닌 나라는 사실을 잊지 않아야만 한다.

힘들게 결정한 일마저 불안하게 여기면서
타인에게 끊임없이 자문을 구한다면

훗날 스스로 해낼 수 있는 힘의 범주까지
먼저 나서서 좁히는 셈이 되지 않을까.

그러니 오늘의 고민,
내일의 방황,
먼 미래의 어려움까지도
해결해낼 수 있는 답은 오직 내 안에 있음을
기억하자.

좋아하는 게
잘하는 것이 되면 좋겠지만
좋아하는 걸
분명히 아는 것이 더 중요한 거니까.

지금의 일이
아니어도

○

만족스러운 삶을 사는 사람의 특징은
불특정 분야에서 자신이 잘할 수 있는지 없는지를
일찌감치 짐작할 줄 안다는 것이다.

잘되지 않는 일 때문에 끙끙거리며
효율적이지 못한 고민을 늘어놓는 것이 아니라
자신의 역량을 스스로 알고 있는 사람.

잘하면서 사는 것도 중요하지만
가능한 한 스트레스를 적게 받으면서
해내는 것이 더 중요하다.

어쩌면 '나에게 남은 건 이것뿐이야'라는 고집보다

'이것도 한번 해볼까?'라는 유연함이

훨씬 행복한 삶을 가져다줄지 모른다.

지독히도
오래 맴돌았던 생각

○

우리의 뇌는 집중했던 일을 잘 기억해서
신경을 곤두세웠던 일이 있었다면
굳이 떠올리고 싶지 않더라도
무의식적으로 장면을 생각하게 만든다고 해요.

그렇기 때문에
나를 계속 힘들게 하는 일들이나
나를 괴롭게 만드는 부정적인 요소들이
지속적으로 아른거릴 땐

생각의 초점이
좋지 않은 방향으로 치우쳐 있는 것은 아닌지,

바보처럼 놓지 못하고 전전긍긍하고 있는 건 아닌지,
진단해 보는 과정이 필요해요.

나에게 불현듯 떠오르는 기억들이
악몽이 아닌
안정감을 주는 잔상이 될 수 있도록

나를 괴롭혔던 생각에
변화를 주는 것만으로도

나는 꽤 나아질지도 모르니까요.

어렵겠지만 그 일이 별거 아닌 일이라고
오히려 덜어내면 좀 더 편해질 거라고
믿어보는 거예요.

바로 지금부터요.

결정의
순간

○

나를 힘들게 하고
신경 쓰게 하는 모든 일과 관계들을
적당한 선에서 유지하거나,
끊어낼 수 있게 된 건
너무나도 솔직한 내 몸의 반응 때문이었다.

마치, 그만하라고 티 내는 듯이
나를 관리하지 못하고
제대로 돌보지 않을 때면
내 몸에는 어김없이 문제가 생겼다.

며칠 늦게 잠들었더니

보란 듯이 입술에 염증이 생기는가 하면
불편한 마음이 자리 잡을 때면
쓸데없는 감정 소비와 함께
피곤함이 온몸에 가득해지곤 했다.

한편으로는 다행이었다.

이전에는 끙끙 앓으면서
이러지도 저러지도 못했던 내가
스스로 진단하고, 더 나아질 수 있는
결정을 하게 되었다는 게,

내가 곤란한 순간에
함부로 침묵하지 않게 되었다는 게 말이다.

정작 나를
무너뜨리는 것

○

"큰 바위에 걸려 넘어지는 사람은 없다.
대부분 작은 돌부리에 걸려 넘어질 뿐이다."

이 말을 나는 좋아한다.

'뭘 그런 걸 신경 써.'
'그런 것쯤이야.'
'이 정도는 미뤄도 괜찮겠지.'

이런 작은 생각들이 모이면
훗날 거대한 방해 요소가 되어
또다시 나를 넘어지게 할 수 있는 거니까.

작고 소소한 돌부리를
미리 눈치챘다는 건
어쩌면 행운일지도 모른다.

오늘을 어물쩍 넘기려 생각했던
나에게 건네는 말.

"큰 바위에 걸려 넘어지는 사람은 없다."

내가 원하는 대로
주변 환경을 만들어나갈 수 있다면 좋겠지만

여러 환경이
나를 어떻게 필요로 하는가를
자문하는 태도가

나를 좀 더 괜찮은 사람,
편안한 사람으로 만들어준다.

자주 주변 분위기에
휩싸이는 사람이라면

○

이전에 알고 지냈던 분께서
나에게 이런 말을 해주신 적이 있다.

"상현 씨는 응급실에 가본 적 있어요?"
"아뇨."
"언젠가 삶이 무기력하거나 죽고 싶다는 생각이
들 정도로 힘든 시기가 찾아오면
응급실 복도 끝의 의자에 앉아 있어 봐요.

몇 분마다 실려 들어오는 사람들,
한쪽엔 숨통이 끊어져 가는 사람들이 있는가 하면,
여기저기에서 울음과 환희에 찬 소리가 들려오는 곳.

그런 분위기 속에서 어쩌면 이전까지 너무 힘들다고,
부정적으로만 생각했던 것들에 대해
조금은 다르게 생각할 수 있게 될 거예요."

응급실이라.
조금은 극단적인 예시일 수 있겠지만,
그 말의 의미를 알 것 같다.

입에 죽고 싶다는 말을 달고 사는 사람들처럼
비관적인 이들에게
생명의 의미가 얼마나 간절한 것인지
응급실의 현장을 자신의 상황에 대입해 보며
새롭게 의미를 되새겨 보라는 것이다.

내가 자주 무너지고
주변 사람들의 영향을 많이 받는다면
결국은 분위기에 잘 휩싸이는 사람이라는 것이다.

안 좋은 분위기 속에서도 잘 해내는 사람도 있겠지만

대부분은 분위기에 못 이겨 침체되는 경우가 많다.

그렇기 때문에 당장 무언가를 하지 않아도
시작하기 위해서라면 할 수 있는 분위기를
만드는 것이 중요하다.

예를 들어 집을 편안한 분위기로 만들면
정말 편안한 감정이 드는 공간이 되는 것처럼

내가 기간 내에 무언가를 해야 하거나
해내야 한다면, 겁내지 않고
그러한 공간으로 나를 던져보는 것.

공부를 위한 집중이 필요하다면
도서관 같은 분위기 속에 나를 던져보고

답답한 마음이 든다면
어디로든 떠나서 자유로운 분위기를
만끽하는 것도 좋겠다.

내가 일어설 힘이 나에게 있듯
나의 분위기는 내가 만든다.

1년 전으로 돌아간다면
나에게 해주고 싶은 말

○

1. 생각보다 사람들은 네게 관심이 없어.
그러니 네가 하고 싶은 대로, 좋아하는 걸 선택해.

2. 네가 예상했던 것보다 더 많은 사람이
너에게서 떠나갈 거야.
네가 아끼는 사람들에게 꼭 먼저 연락해.

3. 시간이 지나면 괜찮아지는 게 아니라,
결국 내가 다 이겨내는 거더라.
너무 시간을 믿지 마.

4. 마음껏 표현해.
네가 혼자 생각하는 걸 상대도 알고 있을 거라
착각하지 마.

5. 어른스러워지는 거, 단단해지는 거 그거 어렵더라.
그러니 건강 꼭 챙겨. 마음도, 몸도.

발버둥

○

슬픔은 덮는다고 해서
쉽게 나아질 수 없어요.

이불을 덮는다고
바로 잠에 들 수 없는 것처럼.

아무것도
안 하기

○

놓을 수 없다는 욕심 때문일까.
왜 이렇게 불안하고 지치는 걸까.

이렇게 말하면서도 놓을 수 없다는 욕심 때문에
고민거리를 붙잡고 끙끙 앓고 있는 모습을 보면
내가 미련하게 느껴지기도, 내게 미안하기도 해.

쓸모없는 사람이고 싶지 않아서,
필요한 사람이고 싶어서 애썼던 노력들이
오히려 나를 정체되게 하는 기분이야.

불안하고 지치는 거 알아.
아닌 척 하지만 아마 다들 알 거야.
전부를 가질 수 없다고.

다 해볼 수 없다는 걸 아니까
조금은 내려놔도 괜찮아.

그렇게까지 하지 않아도 돼.

네가 붙잡고 있는 것만으로도 충분히 대단한 일이야.
굳이 모든 일을 지금 하지 않아도,
천천히 해나가면 될 일이야.

기억나?
아무것도 할 수 없어서 불안했던 날들.

그때를 돌이켜보면
네가 얼마나 많은 것들을 해내왔는지.
한숨 돌리면서
차라리 넓게, 멀리 바라보는 시간을 가져보자.

그렇게 애쓰지 않아도 돼.
잘하고 있으니까.

타인과 나를 비교할 필요 없고,
다르다고 해서 끼워 맞출 필요도 없다.

휩쓸리지 말고
애써 꾸며내지도 말고

나는 나로서 사랑해 주길,
그렇게 살아가 주길.

닮고 싶지 않은
모습들

○

1. 무기력하게 할 일을 미루는 사람.
너무나도 당연한 이야기겠지만
계획적이지 않은 사람은 실행에 있어서도
더욱 즉흥적인 면모를 보일 수밖에 없다.

이런 모습에 게으름이 더해지면 해야 할 일을
대부분 한 번에 몰아서 하거나,
역량에 비해 벌여놓은 것들이 많아진다.
그러곤 사실상 제대로 되어가고
있는 일이 딱히 없어서
끝끝내 지금까지의 과정에 의미 부여하며
급하게 마무리하는 희한한 정신 승리를 한다.

2. 급박해야만 초집중할 수 있다고 착각하는 사람.

이 경우는 촉박한 시간을 빌미로 삼아서

'이제는 정말 해야 해'와 같은 마음으로

자신을 밀어붙이게 된다.

압박감에 의해 움직이고, 그런 분위기에 익숙해지면

혹여나 원하는 방향으로 나아가지 못했을 때

금방 번아웃이 오거나 회의감이 배가 된다.

3. 예사로 넘길 수 있는 일들이나 사소한 것조차

미워하는 사람.

나이를 먹으면 관대해질 줄 알았는데,

실상은 더 옹졸해지고 계산적으로 변해버린 모습을

목격하는 날들이 꽤 있다.

나이가 들면서 화가 많아지고,

주변에 사람이 없어졌다고 말하는 이들은

스스로 자초한 것은 아닌지 생각해 볼 일이다.

4. 컨디션이 좋지 않거나, 예민할 때

본모습을 드러내는 사람.

감정 기복이 심하고, 다혈질적인 사람에게서
안정감은 찾아볼 수 없다.
이런 이들은 주변인들까지 눈치 보게 만들어
피로감을 누적시킨다.

확률을
높인다

○

슬픈 이야기이지만
시간이 지나면 지날수록
겁 없이 시도해 볼 수 있는 기회가 줄어든다.
그렇기에 기회가 찾아온다면
다소 근거 없는 자신감처럼 보이게 될지라도
도전하는 것에 크게 망설이지 않았으면 한다.

많은 것을 도전해 본 사람이
잘 살 수 있는 이유는
그 사람이 잘나서가 아니라
잘 살 수 있을 확률을
스스로 높였기 때문이다.

도미노
○

지치지 않았으면 하는 이유는
판단력이 흐려지기 때문이다.

판단을 내려야 시작을 할 텐데
지친 상태에서 내린 결정은
시작부터 잘못되어 있는 경우가 많기에.

말 한마디가
주는 힘

○

누군가는 말 한마디에 용기를 얻고
누군가는 말 한마디에 사랑을 시작하며
누군가는 말 한마디에 포기를 결정하고
누군가는 말 한마디에 이별을 택하기도 한다.

말 한마디가 큰 힘을 가졌다는 걸 알면서도
자신에게 한마디 건네는 일에는 누구나 인색하다.

"충분히 잘하고 있어."
"끝날 때까지 끝난 게 아니야."
"나니까 할 수 있는 거야."

언제든 바라지 않아도
아무도 기대하지 않아도

나를 가장 가까이에서 응원해 줄 수 있는 사람.
나를 제일 힘낼 수 있도록 만들 수 있는 사람.
바로 당신의 곁에 있다.

'나'라는 존재로.

마음의 무게를
덜어야 하는 징조

○

애꿎은 시간만 보내고 있다.
딱히 한 것도 없는데 몸은 처지고,
해야 할 일이 많지만 어떤 이유 때문인지
아무것도 하고 싶지 않은 마음도 공존한다.

한쪽 가슴팍에 멍이 든 것처럼
쉬어도 어딘가 편하지 않다.

정신없이 바쁘게 살아온 탓인지
쉼 사이사이의 고요함은
오히려 불안을 자꾸만 증폭시켰다.

사실은 이미 알고 있다.
이런 상태로 무언가를 해나가는 것은
나에게 그다지 도움이 되지 않는다는 것을.

이제는 덜어내 보려고 한다.
무게로 측정할 수는 없지만
알게 모르게 자리 잡힌
나의 마음을 무겁게 만들고 지치게 하는 것들을.

마음의 무게를 덜어야 하는 징조들에
조용히 귀 기울이면서, 하나씩 정리해 본다.

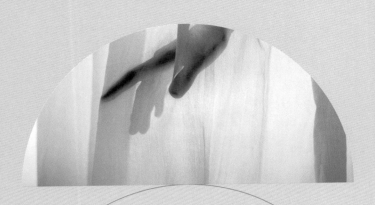

실수를 줄이는 방법은
회피하는 것이 아니라

결국 여러 방법을 많이 시도해 보고,
때때로 실패나 작은 성공을 겪으면서

나름대로 노하우를 쌓고,
자신에게 맞는 방법을 찾는 것이다.

소란스러운
삶일지라도

○

취업해야겠다고 생각하게 된 건
현실적인 문제 때문이었다.

'하루에 몇천 자 몇만 자를 써내린다 할지라도,
작가라는 일이 평생 나의 끼니를 책임질 수 있는가?'

이렇게 자문했을 때 '그렇다'라는 대답이
선뜻 입 밖으로 나오지 않았기 때문이다.
지독히도 평온한 삶을 추구하는 나에게,
회사는 불안정을 해소할 수 있는 유일한 보루였다.

상대적으로 늦은 나이에 사회로 뛰어들다 보니

역시나 쉬운 것이 없었다.
가장 힘들었던 건 가끔씩 피어오르는 초조함이었는데,

글을 쓰는 일이 무엇보다 뜻깊었다고 말해놓고
'왜 이렇게 늦게 시작했지'라며
뒤늦게 회사 생활을 시작한 자신을 자주 타박했다.

공대생이었다가 작가 생활을 하고, 이제는 마케터라니.
내가 생각해도 너무 잡스러운 이력에
초조한 마음이 더해져 점점 자신감이 떨어졌다.
그러다 우연히 구글 본사에서
50대의 나이로 근무 중인 정김경숙 씨의 글을 읽었다.

그동안의 커리어를 내려놓고
늦은 나이에 완전히 새롭게 시작하겠다는
어려운 결심 끝에
영어를 공부해야 하는 등 많은 고충을 겪었지만
그래도 자신의 전문성과 최선을 다하는 자세는
평가 절하될 수 없다고 했다.

이 말에 깊이 공감하며 자신감을 얻었다.

앞으로 내가 무슨 일을 선택하든,
거기서 얻은 경험과 최선을 다하는 자세는
결코 사소하고 우습다 생각하지 않을 것이다.

그 사실 하나면 무너지지 않기에 충분하다.

나는 나로서
사랑해 주길

○

요즘 보면 꽤 많은 사람이 MBTI 성향만으로
자신이나 누군가를 '이럴 것'이라고 단정 짓는 것 같다.

마치 각자에게 부여된 바코드 넘버처럼
성향이 결정되고 나면,
일부의 모습만이 엇비슷할지라도
그 짧은 알파벳 네 글자에 순순히 수긍하며
'맞아, 나는 이래' 하고 인정해 버리곤 하니까 말이다.

성향은 나를 구성하는 일부, 하나의 특징에 불과하다.
물론, 명확하게 나를 어필하려는 시도는 좋다.

그러나 어느 하나의 틀이나 장르에
끼워 맞추지 않고서도
있는 그대로의 당신의 모습만으로도
충분히 매력적이다.

비교할 필요 없고,
다르다고 해서 끼워 맞출 필요도 없다.

휩쓸리지 말고
애써 꾸며내지도 말고
나는 나로서 사랑해 주길,
그렇게 살아가 주길.

같지만,
다른

○

시간과 나이를 탓하는 사람은
쓸데없이 넘겨짚는 게 많다.

겁이 많아서 아직 제자리인 것과
수많은 시행착오 끝에 다시 제자리인 것은

같지만, 다른
마음가짐일 테니까.

그냥, 살아가고 있다.

내가 어찌할 수 없는 범위의 일들로
애써 괴로워하지 않는다.

그게 요즘 내가 살아가는 삶의 태도이다.
그저 오늘이라는 하루에 의미를 두며 살고 있다.

스트레스받지 않는
생각법

○

'모든 일에는 다 그럴 만한 이유가 있다.'
이렇게 생각하는 편이다.

출근길, 사람으로 가득한 지하철에서
운 좋게 내 앞에 자리가 생기면
'오늘은 다리를 좀 편하게 쉴 수 있게 하는
하루인가 보다.'

깜빡하고 이어폰을 집에 두고 나선 날이면
'오늘은 사람들이나 바깥 풍경을 더 구경하면서
출근하라는 뜻인가 보다.'

갑작스레 큰돈이 나갈 상황을 마주하게 된다면
'최근에 크게 돈 나갈 일이 없었는데
오늘 같은 날 때문에 그랬나 보다'라며

모든 일에 내가 힘들지 않을 수 있도록
자연스러운 일이라 생각할 수 있는 이유를
붙여보는 것이다.

그렇게 긍정적인 방향으로 생각을 정리하고,
이유를 만들다 보면 조금은 편안해진 마음과
내 모습을 마주할 수 있을 것이다.

원래부터라는 것은
없다

○

노력이 부족했더니 끝내 결과가 만족스럽지 못했고,
시도에 게을렀더니 과정조차 멈춰버렸다.

매일이 똑같다고 불평했던 마음은
결국 매일을 똑같이 지나보낸 내 모습에서
비롯된 거였다.

부지런하거나, 열심히 살아가는 누군가를 바라보며
'원래부터 저런 사람인가 보네'라는
말을 한 적이 있었다.

생각해 보면 지독한 단조로움에서 벗어나기 위해
발버둥 친 사람이었을 텐데
지금은 나의 부끄러웠던 투정으로 기억된다.

모든 것에 원래부터라는 것은 없다.

새로이 계획한 작은 시도가
원래라는 수식이 되기까지는
삶에서 생각보다 많은 시간과 꾸준함을 요한다.

그러니 도돌이표와 같은 일상의 테두리에
내가 나를 가둬놓고
정체되었다고 자책하지 않았으면 한다.

늦지 않았다.
내 앞을 그리는 연필은 여전히 내가 쥐고 있으니.

검정 같은
색으로

○

아주 어릴 적 기억인데, 검정 물감이 없어서
가지고 있던 다른 물감들을 모두 섞어
검정색을 대체해 본 적이 있었다.

그때는 놀이하듯이 이것저것을 섞어보는 것이 좋았다.
모자라면 모자란 만큼 다른 색을 더 섞었고,
그러다 보면 검정을 만났다.

지금의 나를 색깔에 비유한다면
검정색 정도이지 않을까 싶다.
단순히 어둡고, 칙칙한 색이라 고른 것은
결코 아니다.

내가 달라지지 않는 선에서
대부분의 것들과 무난히 공존할 수 있게 되었고,
이제는 어떠한 색을 마주하든
자연스럽게 흡수시킬 수 있다는 느낌 때문에서랄까.

만약 행복이 빛이라면
모두가 검정처럼 살았으면 좋겠다.
시도 때도 없는 불안에 길을 잃는 순간이 올지라도
누구보다 명확하게 답을 찾아 나아갈 수 있도록.

어둠은 빛 앞에서만 비로소 녹아내리니까.

자주 휘둘리는 마음에
한 가지 색을 칠할 수 있다면
나는 검정을 택할 것이다.

더는 바래지 않으면서, 나로는 남을 수 있으니.

PART 2

자꾸만
예민해질 때 생각하면 좋은 것들

내 안의 불안과
스트레스를 다스리는 법

평범이라는
기적

○

그저 평범하게 사는 게
얼마나 힘든 일인지
당신이 알고 있다면.

그동안 겪어온 억겁의 경험들이
보란 듯 당신을 빛나게 해줄 거라는 걸
나는 단언할 수 있다.

세상에는 나의 힘으로 해결할 수 없는
영역이 존재한다

○

내가 아무리 바라고 기대해 봤자
나의 의지와 상관없이 흘러가는 일들이 있다.

그런 것에 신경을 곤두세우고 애써봤자
스트레스의 강도만 더 높아지고 예민해질 뿐이다.

더는 내가 망가지지 않도록
이제는 내려놓는 연습이 필요한 순간이다.

굳이 내가 어찌할 수 없는 일들로
에너지를 소모할 필요는 없으니까.

기억해야 한다.
세상에는 나의 힘으로 해결할 수 없는
영역이 존재한다는 걸.

그리고 선택해야 한다.
이제는 포기해야 할 일을.

마지막으로 움직여야 한다.
내가 할 수 있는 일을 해내기 위해서.

나의 하루를
지키는 일

○

다른 사람의 말을
곧이곧대로 받아들이지 말아요.

새기지 않아도 되는 말이나
흘려 넘겨도 되는 말들까지
굳이 마음에 담아두면서 곱씹지 않아도 되니까.

괜한 시답지 않은 말들에
내 하루를 망치지 않았으면.

잠이 오지 않는
밤에

○

한겨울, 새 공간으로 이사를 온 지도
벌써 두 계절이 지났다.

거창하진 않아도 소소하게 꿈꿨던
나의 공간은 제법 포근히 갖춰졌고
그 덕분에 더 완벽한 집돌이가 되었다.

지금의 집이 유독 좋다고 느끼는 건
볕이 잘 들어오는 이유가 제일 크다.

아침 일찍부터 포근히 집으로 스미는 햇살을
멍하게 바라볼 때면

오래도록 반지하에서 지냈던 순간들이
주마등처럼 스치는데
소소한 행복과 감사함을 되새길 수 있어 좋다.

여전히 잠을 설치거나
잡생각에 빠져 밤을 새우곤 하지만
모든 것들은 조금씩 나아지고 있고
온 마음이 전보다 평온해지고 있다.

달라진 듯, 달라지지 않은 나로
오늘도 살아가고 있는 중이다.

비록 시작하는 지금은
어떤 결과를 맞을지 조금 막연할지라도
나는 꿈꾸고 시도하는 사람이 끝내 잘될 것이라
믿어 의심치 않는다.

지금, 행복해지기 위한
체크리스트

○

1. 삶의 이유를 붙여볼 것.

삶의 이유는 찾는 것이 아니라 붙이는 것이다.

아주 사소한 것도 좋다.

장기적인 목표나 목적을 달성해야 한다는

부담은 잠시 버리고, 지금 고민되는 일 중에서

가까운 시일 내에 해낼 수 있는 일은 무엇인가?

그 일을 해내고 나면 어떤 기쁨이 찾아올 것인가?

두 가지 질문을 자신에게 던져보자.

소소한 성취감은 행복을 위한 꽤 좋은 자극제가 된다.

2. 나를 홀대하지 말 것.

자존감이 낮아졌다면,

자꾸만 자신이 작아지는 것 같다면

나를 누구보다 우선해서 생각해 보자.

누군가를 반복적으로 이해해 주면서

정작 나를 신경 쓰지 못하고 있진 않았는지

생각해 볼 필요가 있다.

3. 미뤄왔던 것을 시도해 볼 것.

세상에 없다고 생각하는 것이 두 가지 있는데,

하나는 '당연함'이고 나머지 하나는 '갑자기'이다.

당연히 일어나는 일은 없다.
원인 없이 갑자기 일어나는 일도 없듯이.

행복도 마찬가지다. 내가 아무것도 하지 않는데
갑자기, 당연히 찾아오진 않는다.

그러기 위해선 내 몸을 눕히는 용도로만 쓰지 말자.
지금까지 미뤄왔던 것 중 하나를 시작해 보는 것,
행복은 그 작은 시도에서 시작될지도 모른다.

어쩔 수 없는 나

○

나는 하나를 받으면 둘을 주고도
부족할 거라 걱정한다.

누군가 나를 위해 고민하고
나 때문에 쏟은 시간을 가벼이 두고 싶지 않아서

그런 감사한 마음을 녹여
더욱 세심하게 행동하고,
하나라도 더 고마움을 표현하려고 한다.
그렇게 내 마음속 관계를 더 단단히 굳힌다.

이런 나의 태도로 인해 때로 타인에게 실망도 하고,
상처를 받을 때도 있지만, 그럴 때는 이렇게 생각한다.

그럴 수도 있지, 뭐.

계산적인 사람이 되고 싶진 않기에
다시 상처받지 않았던,
평정을 유지했던 마음으로 되돌린다.

나는 여전히 타인을 대하는 세심한 태도,
다정한 눈빛, 사려 깊은 말이

이 세상에 더욱 많이 필요하다고 생각한다.

선의를 당연하게 여기는 사람은 싫지만
굳이 선의를 건네며 마음의 정도를
수치로 따질 필요는 없지 않을까.

어쩔 수 없이 변하지 않는 나이지만,
이런 내가 싫지 않은 건,
그간 주고받은 좋은 마음들이
나를 더욱 단단하게 만들어주었기 때문일 것이다.

어른이 된다는 것

○

누군가의 사소한 행동
하나만으로도

꽤 많은 부분을
읽어낼 수 있게 되는 일.

누군가에게 행복이
되어주고 싶어서

○

오래전 강연을 했던 날
60~70대로 보이는 독자님이 와주셨다.

강연을 하는 내내
'내가 감히 저분 인생에 도움이 될 만한
말을 전하고 있을까?'라는 생각이
머리에서 떠나지 않았지만
걱정 반, 감사한 마음 반으로 무사히 강연을 마쳤다.

강연이 끝나고 그 독자님께 다가가서 물었다.
"오늘 강연 괜찮으셨나요?
제가 너무 주저리주저리 말이 많았죠?"

그러자 의외의 답변이 돌아왔다.
"사실 그동안 제가 말할 줄만 알고
글을 읽지는 못했는데,
최근에 글을 읽을 수 있게 되면서
딸이 처음으로 사준 책이 작가님 책이었어요.
제 인생은 이제 재미없겠다고만 생각했는데,
읽는 게 행복해지니까 하고 싶은 것투성이네요.
저에게 행복을 가져다주셔서 감사합니다."

물론 내가 쓰는 글이
모든 사람의 공감을 얻을 순 없고
많은 이의 사연을 다 다룰 수는 없다고 생각한다.
다만, 내 글이 누군가에게 위로가 되고, 공감을 주면서
그 누군가의 하루를 편안하게 만들었으면 한다.
자신도 모르게 행복에 닿았다 느낄 수 있을 때까지.

독자님은 그날 오셨던 분 중에서 가장 행복해 보였다.
누군가에게 사소하게나마 건넸던
말과 글들의 힘을 느낄 수 있었던 순간이었다.

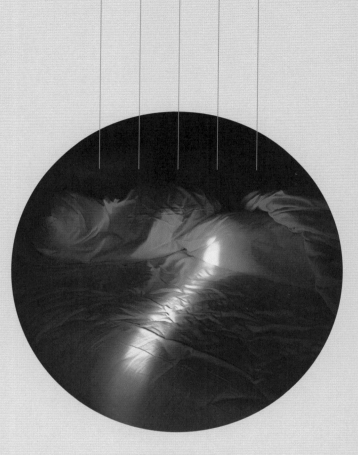

내가 편안해지는 방법은
불확실한 요소부터 제거하는 것.

증상

○

자꾸만 고민하게 되고,
무언가를 해보고 싶은 마음이
꾸준하게 생기는 것 자체만으로도

나의 삶은 충분히 건강하다는 뜻입니다.

조용해질 때면

○

사는 일이 호락호락하지 않다.

딱히 아무 생각이 없어서
무기력하다기보단

생각이 너무 많아서
자꾸만 조용해진다.

이렇게 조용해지는 순간,
이 순간마다 내 마음의 소리에
귀를 기울이려고 한다.

나는 정말 어떻게 하고 싶은지
쉬고 싶은지
더 나아가고 싶은지
어떻게 하면 행복해질 수 있을지

이 마음의 말들을 차곡차곡 모아두고 있다.

푸념

○

아무 이유 없이 반차를 썼다.
그냥, 그래야만 할 것 같았다.

지금 회사에 입사한 지도 벌써 1년이 넘었다.
미련하다 싶을 정도로 과로하기도 했고,
이런저런 일에 치이면서 많이 지쳤다.

프리랜서로 있을 때는
돈에 치여 배고픈 느낌이었지만

막상 회사에 들어서니 남들과 다를 것 없이
여유가 없고 휴식이 고팠다.

아침까지는 분명 맑았는데
한낮에 회사를 나와 올려다본 하늘은
언제 그랬냐는 듯이 우중충했다.

어쩌면 삶은,
날씨 같은 게 아닐까 하는 생각이 들었다.
맑을 수도 있고, 그러다 갑자기 먹구름이
잔뜩 낄 수도 있다.

폭풍우가 몰려올 것 같은 순간일지라도
언제 그랬냐는 듯이 구름 한 점 없이
맑게 개는 날도 오겠지.

아무것도 장담할 수가 없다.
이제는 좀 괜찮겠거니 하면
불쑥 또다시 힘든 순간이 찾아오기도 하고,
그 누구보다 잘할 수 있겠다는 생각이 들다가도
나를 송두리째 흔들 만한 문제가 생기기도 한다.

그래서 그냥, 살아가고 있다.
내가 어찌할 수 없는 범위의 일들로
애써 괴로워하지 않는다.
그게 요즘 내가 살아가는 삶의 태도이다.

그저 오늘이라는 하루에 의미를 두며 살고 있다.

이미

○

간혹 힘듦을 해결하고 나면 더 후련해지고,
괜찮아진 것 같다는 이들도 존재하는데

그들은 이미 그만큼의 통증을 견디며 지내왔기에
나도 모르게 단단해진 것일지도 모른다.

힘듦을
극복하는 방법들

○

내가 힘들 때 타인에게 의존하지 않고
하루 속에서 나만의 시간으로 극복해 본 방법들이다.

1. 평소보다 샤워 시간을 길게 가져보는 것.
독립하기 전까지 이 부분 때문에
어머니에게 잔소릴 듣곤 했지만
지금도 역시나 샤워 시간은 좀 긴 편이다.

감히 비유할 순 없지만
가수 아이유도 작곡과 작사에 대한 영감을
샤워하면서 많이 떠올렸다고 한다.

그 얘기를 처음 들었을 때 나도 크게 공감했는데
나 또한 샤워 시간은
나를 정화시킬 수 있는 수단이기도 하며
복잡하게 얽힌 문제를 정돈할 수 있는 시간이다.
좋아하는 노래의 플레이리스트를 듣는 것도 좋고
그냥 적당히 따뜻한 물을 맞고만 있는 것도 좋다.

당장 만족스럽거나, 나의 답답함을
대체할 수 있는 무언가가 없다면
조용히 따뜻한 물 아래에서
생각을 가다듬어 보는 것도 좋겠다.

2. 집 근처 돌아보기.
일상에 매몰되다 보면
집 주변이나 가까이에 있는 것들에
신경을 끄고 살게 된다.
그러다 보면 없어지거나
새로 생긴 것들에 대해서도 무심해지는데
체력이 허락하는 선에서 해보는 산책은

나의 초점을 힘듦에서 나아짐으로 전환하기에
아주 좋은 선택이다.

3. 싹 정리하고 버려보기.
큰 감정 변화가 생기면
헤어스타일을 바꿔보거나 하는
주인공의 모습을
영화나 드라마에서 봤었다.
그중 가장 좋았던 방법은 물건을 버리는 것이었다.
불필요한 수식을 붙이며 버리지 못했던 물건들을
단호하게 정리하거나
어질러져 있던 공간을 비워내는 것이다.
속에서 풀어내지 못했던 감정들이 조금은 정리되고,
수그러드는 것을 느낄 수 있다.

4. 평소보다 1시간 빨리 일어나 보기.
일 때문이긴 했었지만, 평소 기상 시간보다
1시간 정도 빨리 일어난 적이 있었는데
잠을 적게 잤음에도 이상하게 기분이 좋았고,

상쾌한 컨디션으로 하루를 시작할 수 있었다.
평소 같았으면 해보지 못했을 소소한 것들이나,
생각만 하고 넘겼던 일들을
조금 일찍 맞이한 아침 시간을 통해 해본다면
굉장한 뿌듯함을 안고 하루를 시작할 수 있다.

5. 직접 요리해 먹기.
배달 음식, 나가서 먹는 음식에만
익숙해져 있는 요즘이라면,
오롯이 나만을 위한 메뉴를 골라
요리를 해보는 것도 좋다.

누구의 눈치도 볼 필요 없이
적당한 재료만 준비되어 있다면
몇 가지 검색만으로도 꽤 근사하고,
기분 좋은 한 끼를 만들 수 있기 때문이다.

앞서 말한 모든 일을 하루에 하려 한다면
당연히 부담 될 수 있겠지만,

하루가 너무 단조롭다거나
기분 전환이 필요한 순간에 시도해 본다면
나름 쏠쏠한 재미와 행복을
느낄 수 있을 것이다.

내 안의 힘은
어떤 순간에든 나를 지켜줄 테니까.

최소한 나만은
나 자신을 단단하게 만드는 일을
가벼이 여기지 않기로 했다.

나에게 시간을 줄 것

○

평소 붙임성이 좋고, 성격도 밝은 한 동료가
점심시간만 되면 혼자 밥을 먹는 모습을 보았다.

그땐 그 행동에 의아해하며
'무슨 일이 있나?' '외롭겠다'
'같이 먹자고 해야 하나?'라는 생각을 했지만
지금은 그 모습을 이해할 수 있게 되었다.

'점심 때만이라도 혼자만의 시간이
필요한가 보다'라고 생각하거나
'타인과 함께하면서 해소하지 못했던 것을
재정비하거나 재충전하는 시간인가 보다' 라고 말이다.

실제로 모든 일을 함께하는 것에 익숙한 사람은
혼자가 되었을 때나 홀로 무언가를 해내야 할 때
쉽게 어색함을 느끼거나 불안해하는 경우가 많음을
깨닫고 나니 새삼 그 사람이 어른스러워 보였다.
그건 그 사람이 이상해서가 아니다.

혼자이고 싶은 사람은
그냥 혼자일 수 있게
내버려 둬야 할 때도 필요하다는 걸
이제는 알았기에.

현명한 사람

○

현명한 사람은
스스로 내면의 강약 조절이 자유로워서
문제가 발생하더라도 자신의 선에서 끝낼 줄 안다.

질질 끌듯이 이쪽저쪽 힘들게 하는 것이 아니라
어느 정도의 속앓이만으로 그치도록
자신의 어려움을 소화해 낼 수 있는 사람.

보통 그렇게까지 해낼 수 있는 사람이
자신의 힘듦을 누군가에게 얘기했을 때는

'나는 이런 사람이 의지할 수 있는 존재구나'라는
긍정적인 생각까지 하게 만든다.

힘들 때 떠올리면 좋은
3가지

○

1. 버티기 위해 너무 애쓰지 말자.
이 악물고 버틸 수 있지만,
그 한편으론 부작용이 남을 수 있다는 걸
잊지 않아야 한다.

잊지 말자. 결과만을 중시하는 세상이지만,
혹여 이루지 못했더라도 노력했던 나를
나 자신만은 기억해야 한다.

2. 나를 힘들게 하는 것들을 제거할 수 있는지
고민해 보자.

삶에는 힘들지만 어쩔 수 없이 함께해야 하는 것과
힘들면 떼어내거나 덜어낼 수 있는 것이 존재한다.
그 구분을 유연하게 해낼 수 있고,
실행까지 할 수 있다면
조금은 답답했던 마음에 숨통이 트일 것이다.

3. 하루의 일부가 어렵다면,
잠시라도 온전히 쉼에 집중하여 휴식하자.
마음의 짐은 좀 내려놓고,
'아무렴 어때'라는 홀가분한 기분으로
시간을 여유롭게 보내보자.
일이 안 풀릴수록 한걸음 물러서서, 한 템포 쉬어갈 때
해결책을 발견하게 될 수도 있기 때문이다.

한발 물러서서
바라보면

○

정크 아트 중에 유명한 작품으로는
팀 노블과 수 웹스터 작가의
'더럽고 하얀 쓰레기'라는 작품이 있다.

쓰레기 더미에 조명을 쏘아
그림자 조각으로 표현한 그 작품은
보이는 것이 전부가 아니라는
작가의 의도를 분명하게 담아냈다.

이처럼 치열하고 바쁜 일상에서
우리가 더욱이 지치는 이유는
삶을 너무 좁게만 바라보고 생각하는

영향도 크지 않을까.

지금의 어려움도
어쩌면 한발 물러서서 바라보면
인생이라는 멋진 예술 작품이 되어가기 위한
한 과정일지도 모른다.

'이미 엎질러진 물'이라고 해도
엎질러진 물에만 초점을 맞추는 것이 아니라
번지지 않도록 얼른 닦아내려고 시도하거나
더 근사한 유리잔에 새로운 물을 채울 방법을
강구해 보면 좋겠다.

어느 한 곳에 고이고 쌓여 있지 않고
조금 더 멋지게 완성될 자신의 미래를 위해서.
그렇게 오늘부터 더 나은 내가 될 수 있도록.

너에게 해주고
싶은 말

○

있지, 이젠 티 좀 내고 살아.

안 되면 안 된다고
솔직히 아프고 힘들다고
지쳐서 울었다고 얘기해도 돼.

하루하루 모든 걸 짊어질 이유도
홀로 영원히 앓을 수도 없는 일이니까.
나쁘게 보면 끝없이 나빠 보이고
안 좋게 이입하면 더 무너질 거야.

네가 아프지 않았으면 좋겠다.

매일이 이렇진 않을 거라는 걸

네가 알고 있었으면 좋겠어.

힘들 때 나를 지탱해 준 기억은
다시금 일어서게 해주었던 순간이었고
그 순간은 가장 나다웠던 조각이다.

나의 소비 원칙

○

돈 쓰는 것을 싫어하는 사람이 어디 있겠느냐만은
주변을 보면 본인의 분수에 넘칠 정도로
과소비를 하거나, 굳이 필요하지 않아도
물건을 구매하는 사람들이 종종 보인다.

물론 나 또한 필요하다고 느끼면
망설임 없이 구매를 하는 편이지만,
무언가를 사야겠다 결정 짓고 결제하는 순간까지
내가 정한 나만의 소비 원칙을 따른다.

우선 돌발적으로 필요한 것은 제외하고
먼저 나와 아주 오랫동안 함께할 녀석만

구입한다고 생각해 본다.

단 며칠, 한 달 정도만 함께하는 게 아니라
오래도록 내 눈에 보이고,
내 공간에 놓이는 상상을 해보며
꼭 구매해야 할 물건인지 가려본다.

보통 충동구매를 하고 난 뒤
이후에 필요 없어지게 되어
자신의 시선에 자꾸만 그 물건이 보일 때
소비를 후회하는 감정을 느끼게 되기 때문이다.

두 번째는 평범한 일상으로 돌아가
기간을 두고 물건이 떠오르는 빈도를 측정해 본다.
바쁜 일상 속에서,
정신없이 흘러가는 하루 속에서도
꽤 여러 번 그 물건처럼 사고 싶은 것이 떠오른다면
오히려 생각만 하는 것이
더 피곤해질 수 있기에 사는 쪽이 더 낫다.

마지막은 소비한 이후를
좋은 방향으로 상상해 보는 것이다.

내가 이렇게 필요로 하는 물건을 가졌을 때
무엇이 달라질 수 있고,
지금보다 어떻게 행복해질 수 있는지.

또 지금의 이런 기대감 만큼이나
후회와 실망을 덜할 수 있는지
마찬가지로 기간을 두고 구체화해 본다.

만약 이 세 가지 모두를 충족하는 무언가라면
지금 나에게 필요한 것이니 소비하는 게 맞다.

그럼에도 불구하고 과소비가 자주 반복된다면
소비 원칙의 문제가 아니라
나의 상황 판단과 절제의 문제라는 걸
꼭 염두에 두고 경계했으면 한다.

내가
좋은 사람이라서

○

뜬금없이 연락해 오는 것까지는
백번 이해한다고 해도
필요할 때만 연락해 오는 것까지
좋아하는 사람은 없을 겁니다.

관계가 회의감으로 가득 찰 수 있겠지만
너무 속상해하지만은 말아요.

누군가가 나를 원한다는 것.
그것이야말로 내가 열심히 잘 살아왔다는
증거일 수 있으니.

알면서도 아닌 척해야 하는,
그런 것들

○

때로는 서로가 소홀하다고 느끼는 것보다
어느 한쪽만 그런 감정을 인지하는 일이

더 속상하고,
풀기 어렵다고 느낀다.

PART 3

내 마음을
힘들게 하는 사람이 있다면

요즘의 당신에게 필요한
사소하지만 중요한 다짐들

애써 좋은 사람이 될
필요는 없다

○

지금 생각해 보면 참 웃기다.
한두 번 정도
'그래, 그래도 나 정도면 좋은 사람이지'
하고 생각했다는 게.

내가 상대보단 좋은 사람이니까
혹은, 지금보다 더 좋은 사람이 되기 위해서

깊게 이해하고, 감수해야 한다고
그렇게 스스로 되새기며 그게 당연한 듯이 살았다.

그러나 어느 순간부터

내가 신경 써주지 못해서
내가 챙겨주지 못해서
내가 거절을 해서, 라는 이유로
그들에게 실망을 안기고,
변했다고 인식된다는 사실에 크게 허탈했다.

이제는 나를 신경 쓰고 싶어서
나를 챙겨야 해서
나를 먼저 생각하느라 거절한 것인데
정작 내가 왜 미안함과 어색함을 느껴야 하는 것인지.
모호한 감정이 마음을 어지르곤 했다.

나는 밝은 사람이다.
그러나 밝지만은 않은 사람이다.
나는 그것을 안다.

행복해 보이는 사람도
행복하지만은 않은 구석이 있다.
행복해 보이는 사람도 그것을 안다.

일부가 전체를 대신할 수 없으며
때로는 그 일부마저 변하기도 한다.

나에게 가장 솔직할 수 있고
나라는 사람을 명확히 세울 수 있는 것은
오롯이 나 자신뿐이다.

누군가의 시선과 잣대에
내 기준이 흔들릴 필요는 없는 것이다.

정리에는
이유가 있다

○

정리에는 여러 가지 이유가 있다.
재정비를 위한 행동일 수도 있지만
결국 다시 시작해 보기 위함도 있다.

끝이 있어야 새로이 시작할 수 있듯이
어질러진 방을 정리하지 않고
새로운 물건을 들인다면
여유가 없는 한정된 공간에서 해내려는
과한 행동에 불과하기 때문이다.

필요할 때만 연락하는 사람.
어떻게 알게 되었는지 기억도 안 나는 사람.

혹시 몰라서 남겨두었던 사람.

오늘 인생에 있어서
자질구레하게 남아 있던 관계를
나 홀로 정리해냈다.

물론 이 사실을 그 당사자들은 모르고 있을 테지만
냉정하게 말해서 몇 년씩 근황도 모르고
연락도 하지 않은 사람들에게
'연락할 수 있지 않을까?'와 같은 기대감을 품고서
주소록에 남겨두고 싶지 않았기에.

연락처 몇 개를 정리했을 뿐인데
한결 마음이 나아졌다.

몇 안 남은 나의 사람들이 더 보고 싶다.

그저
○

참, 힘든 사람이었다.
라는 말밖에 할 수가 없었다.

다시 한번 생각해
볼 만한 행동

○

"내가 이렇게 해야 마음이 편할 거 같아."

겉으로 보기엔 누군가를 위한답시고 하는
따뜻한 행동과 말씨처럼 보일 수 있지만

그 행위를 부담스럽다고 느끼는 사람이나
어쩔 수 없이 받아야 하는 사람 입장에서는
오히려 더 불편하게 하거나,
마음이 멀어지게 하는 태도가 될 수도 있다.

성격 차이가 발생하고
만남에 있어 다툼이 생기는 건

이렇듯 하나의 행동에도
수많은 변수가 존재할 수 있기 때문이다.

아무리 내가 좋게 먹은 마음일지라도
좋게 보이고 싶은 행동일지라도

누군가에게 부담이 되고
하지 않았으면 하는 행동으로 보인다면

나는 따뜻한 사람이 아니라
이기적인 사람이 될 수 있다는 걸
꼭 잊지 않았으면 한다.

걱정

○

걱정이 많은 쪽이
그 관계에서 초조해야만 하고,
뒷전이 되어버릴 때.

걱정이 잘못처럼 느껴지는
슬픈 순간.

겉으로는 외로워 보이거나
다소 초라해 보일지 몰라도
나는 더 이상 사람에 얽매이지 않는다.

몇 없는 인연과 내 사람들만으로도
충분히 살아갈 수 있겠다는 마음의 여유가 생겼기에.

오히려

○

자꾸만 참는 일이 문제가 되는 건
단순히, 말하지 못한 행동 때문이 아니라

정말 대화가 필요한 순간을 마주했을 때마저도
입을 떼기가 어려워지기 때문이다.

굳이 설명하지
않는다

○

굳이 설명하지 않는다.
나를 끝내 이해해 주지 않는 사람에게,
또는 그럴 마음이 조금도 없어 보이는 사람에게
굳이 애써서 설명하지 않는다.

이는 오래도록 연락하지 않는 사람의
연락처를 지우는 일처럼,
더는 찾지 않은 물건을 버리는 것처럼,
어쩌면 당연하면서도 자연스러운 일이다.

관계에도 비워내기, 정리가 필요하다.
비워내야 할 사람에게 설명을 늘어놓고

이해를 구하며 얼기설기 관계를 엮어나가는 동안
나는 결국 앞으로 나아갈 수 없게 된다.

처음은 설명으로 시작할 수 있을지라도
다시 이유가 덧붙고, 설득이 길어지면
자칫 내 감정까지 상할 수 있으니까.

나는 계속 살아야 하는데,
잘 살아나가야 하는데
이제는 신경 쓰지 않아도 될 일에
굳이 발목 잡힐 필요가 있을까.

대화할 때 제대로
호응하는 방법

○

이전에 '여자친구 말에 호응하는 법'이라는
유머 영상을 본 적이 있는데,
상대 말의 끝 부분을 한 번 더 반복해서
말하면 된다는 영상이었다.

예를 들면 "내가 오늘 이런 일이 있었는데~"라고
상대가 말한다면
그 말을 듣는 이 입장에서는 "있었는데~?"라는 식으로
받아치라는 식의 내용이었다.

이것은 '나는 너의 말을 흘려듣지 않고 있어'라는
인식을 일부 심어줄 수 있겠지만,

상대에게 나와의 대화가 행복하다고 느껴지도록
할 수는 없는 방법으로 여겨졌다.

상대와 대화를 이어갈 때,
특히 연인과의 대화에서 마음이 담긴 호응은
상대에 대한 최소한의 예의이자 중요한 요소이다.

그러나 많은 사람이 상대와의 대화에서 '호응'과
'상대의 말을 끊는 행위'를 구분하지 못한다.

행복한 대화를 오래 유지하는 법으로는
두 가지 단계만 기억하면 된다.
우선 그 상대의 말을 끝까지 들어주고,
그 후에 진심으로 공감해 주는 것이다.

만약 자신이 열심히 호응해 주고, 귀 기울였음에도
"내 말 좀 끝까지 들어줘" 같은 말을
자주 듣는다면,
이 두 단계를 다시 떠올려 줬으면 좋겠다.

우리 모두 결핍을 품고 있다.
누구나 외로운 순간은 있다.
누구나 상처가 있다.

다만 담담히 이겨내는 사람과
내내 힘겨워하는 사람만이 있을 뿐.

진심이 닿기까지는

○

누군가에게 진심을 다한다는 말은
어느 하나도 소홀히 하지 않는다는 것이다.

말과 표정, 행동이나 느껴지는 분위기까지
'내 마음을' 대신할 수 있는

작은 상징 하나하나를
있는 힘껏 내보이려는 마음이 바로 '진심'이니까.

그렇기 때문에 진심이 닿기까지는
꽤 오랜 시간이 걸린다.

진심이 닿기까지는
어느 한순간에 눈치챌 수 있는 것이 아니라

누군가가 또 다른 누군가에게
온전히 스며들기까지의 순간들을 쌓아야 하니까.

내가 덜 괴롭기 위해서라도

○

누군가를 위해 진절머리가 날 정도로 애쓰거나
미련이 남지 않을 정도로 마음을 쓰고 나면

당장 생각한 대로 결과가 나오지 않거나
그 관계가 끝나버리더라도
별생각이 들지 않거나 아무렇지 않아진다.
오히려 전혀 아쉽지 않을 정도가 된다.

관계를 정리하는 것은
의도적으로 사람을 밀어내거나
연락을 차단한다고 해서
할 수 있는 것이 아니다.

그리움과 아쉬움이라는 것은 결국
나에게만 남는 감정이기에
후에 내가 덜 괴롭기 위해서라도

여운이나 미련이 남지 않도록
후회 없는 선택을 하고
상대에게 최선을 다해야 한다.

부정적인 사람

○

매사에 부정적으로 생각하는 사람.
어떤 일에 앞서 비관적인 평가를 내리고
비판을 일삼는 사람.

혹시 주변인 중에 떠오르는 얼굴이 있는지.

쉽게 깨닫기 어려울 수도 있지만,
이런 사람과 함께할 때는
자신도 모르게 본인의 가능성을
좁혀버리게 될 때가 많다.

부정적인 사람의 특징은
길게 생각하지 않고
넓게 살피지도 않는다는 것이다.

빠르게 판단 내리고
날카롭게 평가하는 것도
물론 중요한 일이지만

부정적으로 물들어 버린 사고는
이전에 경우의 수를 따지며
폭넓게 살피고 고려할 수 있었던 일들도

좁은 시야와 좋지 않은 관점으로 인해
쉽게 예단해 버리게끔 만든다.

그렇게 어떤 유의미한 깨달음도 얻지 못한 채
'평가하고 재단하는 자신'에 취해서
조금의 발전도 없이 시니컬해지기만 한다.

일말의 가능성과 기회마저
한순간에 비난과 포기로 물들이고 마는 사람.

그런 사람과는 가까이 해봤자
피곤의 깊이만 더해질 뿐이다.

환기

○

아무도 없었던 방에도
먼지는 쌓인다.

속 시끄럽지 않은 날들에도
마음의 청소가 필요한 이유.

나는 앞으로도 나를 위한 선택을 해나가고 싶다.
내가 하고 싶어서 하는 일,
나에게는 실보다 득이 더 많은 일이라
믿어나가면서 말이다.

이런 내가 나는 좋다.

진심

○

내가 다가선 사람에게
제일 편한 사람이고 싶은 이기심.

내 사람 곁에 묵묵히 있어줄 수 있는
사람이 되고 싶은 마음.

진심.

혼잣말하는 사람

○

혼자 있는 시간이 많아지니까
내 상태가 괜찮은지
생각한 대로 해도 되는지
아무도 나한테 물어보지 않더라.

그래서 스스로 되묻기로 했어.
'너 괜찮겠어?'
'이렇게 하는 게 맞을까?'라고
나라도 나의 안부를 물어주기로.

그게 헛되어 보일 수 있는데
기대했던 것보다 괜찮더라고.

나라도 나의 안부를 물어주고
나라도 나를 깊게 생각해 보는 일이
꽤나 큰 안정감을 준다는 거.

지금까진 미처 몰랐지.

말실수하지 않는
방법

○

말실수를 줄이기 위해선
말 자체를 줄여야 된다고 생각할 수 있지만

실제로 말수가 줄어들면
간단한 대화나 나서서 말을 꺼내는 것조차도
망설여지고, 어색해져 버린다.

실수를 줄이는 방법은
회피하는 것이 아니라

결국 여러 방법을 많이 시도해 보고,
때때로 실패나 작은 성공을 겪으면서

자신에게 맞는 화법이나
말하는 요령을 깨닫는 것이 아닐까.

실수는 모른 척하면 영원히 거듭될 뿐이고
반복하지 않으려 애쓰는 사이에 사라지는 거니까.

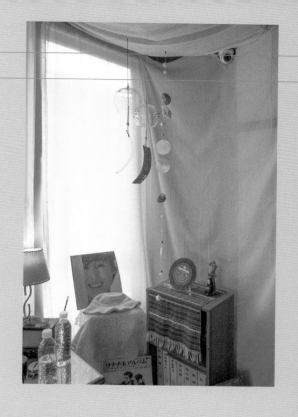

아픈 게 당연한 거예요.
당신이 지금 슬퍼하는 감정이 이상한 게 아니라고요.

무너진 곳이 채워지고
찢어진 곳이 아물기까지
자신에게 시간을 주세요.

아이러니

○

"다들 아무 생각 없는데,
너도 그만 좀 생각해."

알아주지 않는 일에
가장 많이 고민하고,
걱정하는 사람이 듣는 말.

서운함이라는 감정

○

애초에 기대도 없던 사람에게는
서운함이라는 감정이 안 생겨요.

굳이 어떤 말을 하지 않아도
내가 무슨 생각하고 있는지
뻔히 알 만한 사람인 거 아니까
자꾸 서운해지는 거죠.

그 사람을
내가 좋게 보고 있으니까.

모순

○

"힘들지 않게 해줄게"라고 말한 사람이
도리어 나를 더 힘들게 만들곤 했다.

우리가 서로에게 돌아서고
다시금 내가 타인에게 마음을 열기 힘들게 된

뒤늦은 깨달음이었다.

사람을 기억할 수 있는
요소

○

적어도 한두 번 사람을 겪어보면
이 사람과 나의 관계는 어떻게 될지
어느 정도 윤곽이 잡힌다.

사람을 판단한다는 것이
참 부질없고, 서글픈 일이지만서도
내가 좀 더 나은 인생을 살기 위해
내게 좀 더 좋을 수 있는 주변을 만들기 위해서
결단 내릴 수밖에 없는 일이지 않을까 싶다.

보통은 상대의 표면적인 부분들,
가령 행동이나 외형적인 모습에

많이 끌리고, 기억한다고 하지만

정작 사람이 가장 강렬하게 기억되는 요소는
내가 그 사람을 생각했을 때
느껴지는 기분이다.

기분대로 행동하는 사람,
즉 기분을 있는 그대로 상대에게 보이는 일이
얼마나 불편한 기억을 심어주게 되는 것인지
어렵지 않게 수긍할 수 있는 부분이다.

타인이 원하는 것에
초점을

○

학교나 직장 혹은 어느 장소, 관계에서든
내가 어떠한 포지션에 위치해야 하는지
또 어떻게 행동하면 좋을지 잘 모르겠다면

그곳에서 내가 어떠한 사람으로 보일지에
초점을 맞추기보다는

그 환경이 내가 어떤 사람이기를 원하는지
생각해 보면 쉬워진다.

예를 들어 직장이라면
지금 당장 무언가를 해내기 위해 애쓰는 것도 좋지만

현재 직장에 필요한 사람이 어떤 사람인지를
탐색해 보면 어떨까.

오랜 친구들 사이에서 내가 어떤 존재인가
판단이 서지 않는다면
그 친구들에게 내가 어떤 사람으로
남아야 좋을까를
역으로 생각해 보면 쉬워진다.

내가 원하는 대로
환경을 만들어 나가는 것도 좋지만
여러 환경이 나를 어떻게 필요로 하는가를
자문하는 태도는

나를 좀 더 편안하고,
괜찮은 사람으로 만들어준다.

때로는 냉정함이 필요하다.

너무 긍정적이거나 이상적으로 생각하지 않고,
놓인 상황과 처한 현실에 집중한다.

겉보기에는 차가워 보일 수 있지만,
이것이 오류 없이 관계를 수습할 수 있는 최선의 방법이다.

괜찮다는 말

○

괜찮다고 말했을 때
정말 괜찮을 일이 얼마나 될까.

더는 말하고 싶지 않아서
더는 설명하고 싶지 않아서
더는 생각하고 싶지 않아서
우리는 괜찮다고 말하기도 하니까.

그렇게 말하는 게
더 나을 것 같아서
지금도 괜찮다고 둘러대고 있는 것은 아닌지.

아직 그게 더
좋아서

○

그럼에도 불구하고
아직까지 나는
내가 조금은 덜 행복하더라도
내가 만든 힘으로
내 사람들이 행복한 모습을 보는 게 더 좋다.

내가 행복을 나눌 때까지의 원동력은
나에게 행복하다고 말해준 사람들 덕분이니까.

문득 든 생각

○

왜 그런 얘기 있잖아요.
시간이 갈수록 인간관계가 좁아진다는 말.
예전에는 짐작 정도 했던 일이었는데
이제는 그게 무슨 말인지 알 것 같아요.

가까웠던 누군가가 내게서 멀어지는 경우도 있지만,
대부분은 미뤄온 숙제 같은 관계를
스스로 정리해 가고 있었다는 걸요.

사실 좀 지친 것 같아요.
뭐가 어디서부터 어떻게 꼬인 건지 모르겠는데,
그냥 지쳤어요.

궁금하지 않은 근황을 억지로 듣고,
웃기지 않는 일에 반응하고 싶지 않아요.
겉보기에는 사람들하고도 잘 지내 보일 수 있지만
자세히 보면 마음 하나 털어놓을 사람이 없어요.

하루라는 시간 동안 그다지 떠오르는 일도 없고,
아무도 나를 찾지 않아요.
혹시 그게 내가 점점 조용히 잠식되는 이유가
아닐까요.
끝없는 회의감이 나를 삼켜오는 그런 나날들의 연속.

이해

○

노력해도 되는 일과
노력해도 소용없는 일을

구분할 수 있는 사람이길.

쉴 수 있는 공간을 만들어놓고
그 공간에서 쉬어본 적이 있어?

자꾸만 한숨이 나온다면,
걱정이 머릿속을 떠나지 않는다면
지금이 바로 일도, 사람도 잠시 쉬어야 할 때야.

한숨 돌리고 다시 시작하자.
너무 애쓰지 않아도 돼. 이미 잘하고 있어.

편안하다는
말

○

사랑하는 사람에게
사랑한다는 말보다 듣기 좋았던 말은

나랑 있으면 편안하다는 말이었다.

편안하다는 말은
왠지 모르게 안겨 있는 듯한 포근한 기분이 들어서,
오래도록 함께 있고 싶다는 말처럼 들려서,
소중하다는 말까지 깊숙이 담고 있는 것 같아서,
그 어떤 말보다 다정하고 따뜻했다.

욕심일 수 있지만

그 감정은

내게만 유일하게 품는 것이었으면

좋겠다.

기대

○

오래 함께할 사람은
넓은 마음과 폭넓은 시야를 가진
사람이었으면 좋겠다.

내 생각을 곧이곧대로만 따르는 사람보단
내가 생각하지 못한 부분까지 살피고 있고
남들이 모르는 나의 결핍마저도
말없이 보듬어줄 수 있는 사람.

힘들 때면 뒤돌아 찾지 않아도
이미 곁에 가까이 다가와 있는 사람이었으면.

말의 유무

○

누군가 고민을 털어놓을 때는
그저 허무맹랑한 것이 아니라면
주의 깊게 들어줬으면 해요.

사람이 가장 단호해지고
말이 없어지는 순간은

고민에 대한
결단을 내린 이후와
포기를 선택한 순간이기에.

현명

○

힘들 때 나를 붙잡아 주는 기억은
언젠가 다시금 일어섰던 순간이었고

그 순간은
가장 나다웠던 하루의 조각이다.

침묵

○

더는 물어보지 않기로 했어요.

다들 잊으라고만 말하네요.
나는 그걸 못해서 힘들다고 말한 건데

어떻게 해야 될지 모르겠어서
겨우 말해 본 건데 말이죠.

지금 고민하는 일이 있다면,
나 자신의 목소리에 귀를 기울여보자.

모든 문제의 답은 내 안에 있다.
그 결정에 따라 움직여야 할 사람도 또한 나다.

오해

○

오랜 시간을 참아왔던 사람을
두 번 상처 주는 말.

"괜찮아서 그런 줄 알았어."

언제 그랬냐는 듯이
용기 낼 수 있도록

○

그거 알아요?

우리는 몸으로 느끼는 고통이랑
인간관계로 인해 느끼는 고통을 구분하지 못한대요.

사랑하는 사람과 이별했을 때,
멀쩡한 인간관계가 갑작스레 박살 난 것만 같을 때

뇌는 교통사고를 당했을 때 가해지는 충격이랑
별반 다르지 않게 느낀다는 거죠.

그러므로 이별로 인해 가슴이 미어질 듯 아프고,
속이 상하는 건 어쩌면 당연한 이유인 거예요.

당신이 지금 슬퍼하는 감정이 이상한 게 아니라고요.

무너진 곳이 채워지고
찢어진 곳이 아물기까지
충분한 시간을 주세요.

내가 다시금 일어설 수 있도록
언제 그랬냐는 듯이 용기 낼 수 있도록.

다짐

○

내가 다짐했던
단순하게 살고 싶다는 마음엔
무수히 많은 상처가 있다.

모든 관계에 내가 힘들지 않을 수 있도록
자연스러운 일이라고 생각할 수 있는 이유를
붙여보면 어떨까.

그렇게 긍정적인 방향으로 생각을 정리하고,
이유를 만들다 보면

조금은 편안해진 마음과 내 모습을 마주할 수 있을 것이다.

이해는 항상
일방적인 것

○

나는 누군가를 이해하고 싶지 않더라도
100퍼센트 이해하려 최대한 노력할 수 있지만

그 누군가가 똑같이 나를 100퍼센트 이해해 줬으면
하는 마음이 들더라도
상대의 이해 정도는 내가 결정할 수 있는 게 아니니까,

상대방이 기대했던 만큼
내가 이해해 줄 수는 있지만

내가 기대했던 만큼
상대방이 이해할지는 모르는 거니까,

그러니 이해는 일방적일 수 있다는 걸
항상 명심해야 해.

이해에 기대감이 더해지는 순간
나에게 남는 건 상대는 모르는 실망감뿐이니까.

혼자가 좋다가도
혼자가 힘든 이유

○

열심히 살아가다가도
문득 내가 안쓰러워진다는 거야.

손이 건조해져서 튼 살에 피가 나도
유독 힘든 날에 넋두리를 풀어놓고 싶다가도
이런 사소한 것조차 함께할 사람이
알아주는 사람이 없는 거.

사랑하는 사람과 이별한 것도 아니고
무언가를 잃어버리지도 않았는데
가슴 속 깊이 계속 아려오는 거.

혼자가 좋다가도
혼자가 힘든 이유야.

아버지

○

자세한 사연을 설명하자면 길지만
우리 가족은 서로 꽤 멀리 거리를 두고 지내고 있다.

희한하게도 아버지께 자취방을 보이는 건 어색해서
최근에 들어서야 나의 공간으로 초대를 했다.

바쁘다는 핑계로, 잠들었다는 핑계로
회사를 핑계로 오래 뵙지 못했던 아버지를
아주 오랜만에 만났던 날이었다.

같이 살 적에 종종 등산복 차림으로
출근을 강행하시던 걸 봐서인지
차려입은 아버지의 모습도 어색했다.

"아빠, 못 본 사이에 더 좋아 보이네?"
"내가 평소에 이런 거 입고 다니는 거 봤니?
오늘 가격표 떼고 처음 입은 거야.
너한테 아빠 괜찮다고,
잘 지내고 있다고 보여주려고.
네가 걱정할까 봐 그랬다."

글을 쓰면서
"괜찮지 않으면서 괜찮다고 말하지 마세요"라는 말을
밥 먹듯이 해왔는데,
정작 아버지가 나에게 그런 모습을 보인다는 게
마음을 울컥하게 만들었다.

내가 가장 챙겨야 할 사랑하는 사람에게
나만 소홀했다고 느끼는 순간이었다.

여전히 어려운 것,
하지만 두렵지는 않은 것

○

관계는 여전히 알다가도 모르겠다.
아니, 지금까지도 관계 앞에서
휘청이는 내 모습을 보면
모른다고 말하는 것이 맞겠다.

예전에는 어떻게해서든 이어나가 보려
노력했던 관계도
이제는 어떻게 지내는지, 뭘 하면서 지내는지
아주 가끔씩 혼자 떠올려보는 사람,
그 정도의 인간관계, 그 이상도 그 이하도
아니게 되어 버렸다.

나름대로 정이 많은 성격 덕분에
"사람은 미워하는 것이 아니다"라는 말을
마음에 되새기며 살았다.

하지만 누군가를 미워하거나 멀리하지 않아도
살아나가는 동안 곁에 가까이 남은 사람은
점점 줄어들었다.

어쩌면 삶은 이렇게 내게 필요한 사람들이
추려지는 과정이 아닐까 싶다.

겉으로는 외로워 보이거나

다소 초라해 보일지 몰라도
나는 더 이상 사람에 얽매이지 않는다.

몇 없는 인연과 내 사람들만으로도
충분히 살아갈 수 있겠다는 마음의 여유가 생겼기에.

과거와 달리 사라지고 멀어진 관계들에
나는 놀라울 정도로 의연해지고 있다.

오히려 나에게 남은 모든 관계가 소중해지고 있다.

관계가 회의감으로 가득 찰 수 있겠지만
너무 속상해하지만은 말아요.

누군가가 나를 원한다는 것.
그것이야말로 내가 열심히 잘 살아왔다는
증거일 수 있으니.

적당한 거리감

○

관계의 지속성을 위해선
적당한 거리감은 필수적이다.

익숙함에 느슨해지고
사소함에 예민해졌던

관계 속에서의
내 모습을 돌아볼 수 있기에.

믿음

○

믿음이 어려울 수밖에 없는 건
크기를 가늠할 수 없기 때문이에요.

1 정도로 믿었던 사람이 주는
99의 실망감은 상관없지만

99 정도로 믿었던 사람이 주는
1의 실망감은 전부를 흔들기도 하니까요.

초콜릿

○

마음에 맞는 사람을 만나는 게
어디 쉬운 일인가.

계속 달콤할 줄만 알았는데
사라져 버리기도 하고,

어딘가 불편한 느낌으로
텁텁한 뒷맛을 남기기도 하는 것.

관계라는 것.

선호하는 사람

○

생각 없이 말하는 것 같은 사람을
많이 마주치다 보면
조용하고 차분한 성격을
가진 사람이 좋아진다.

적어도 그 사람은
말보단 행동으로 보이는 모습이
더 많을 테니까.

관계의 달력

○

저마다 하루씩, 한 장씩 세어 넘기고 있는 거죠.
그 끝이 내일이 될지, 몇 년 후가 될지도 모르면서요.

그러다 만약 끝이 다가오고 나면
더는 쳐다보지 않는 과거의 달력이 되는 거고.

그렇게 이제는 볼 일 없는
지나간 사람이 되어버리는 거죠.

PART 4

결국, 한 걸음 더 나아가려는
당신에게

여전히 어려운 것,
하지만 두렵지는 않은 것

이 정도면 됐어

o

한계치에 도달하거나
더는 할 수 없을 것 같을 때
바로 그 순간에 우리는 좀 더 집중해야만 한다.

물론 정말로
아무것도 할 수 없는 지경에 이를 수 있지만

이 정도면 됐다는 생각이 들 때가
그만두기에 가장 아까운 순간일 수 있기 때문이다.

운동 또한 오랜만에 하면
몸이 저려오고 근육이 찢어지는 듯한 기분이 든다.

그러나 그런 상태에서 바로 그만둔다면
오히려 다음날 더 큰 후유증을 앓게 되거나
운동을 기피하는 마음만 커지게 된다.

빈약한 몸에 근육이 붙고,
지금보다 한층 더 건강해지기 위해선

온몸 곳곳이 저려오고,
근육이 찢어지는 듯한 고통의 순간에
조금이라도 더 해보려는 노력이 필요하다.

사실상 내 몸에 힘이 되어주는 진짜 근육은
그만두고 싶은 바로 그 순간에
노력한 땀방울이
만들어주기 때문이다.

충분히 했다고 생각될 때
이젠 그만두고 싶어질 때
다시 한번 고민해 봤으면 좋겠다.

이 정도면 됐다는 판단으로
저릿한 후유증만 남길 것인지.

아니면 진짜 내 것으로 남기기 위해서
끝까지 해볼지 말이다.

회사를 옮겨야 할지
고민이라면

○

입사를 두려워했던 자신이
이직을 고심할 수 있는 상황이 됐다는 것.

이런 고민을 하는 것 자체가
어쩌면 스스로 노력해서
자신의 포지션을 바꾸었다는 증거가 아닐까.

낯선 벽 앞에서 두려움을 품었던 사람에서
이제는 그 벽을 뛰어넘어,
새로운 세계를 꿈꾸는 사람으로.

여러 가지 생각들로 힘들겠지만,

지금이야말로 내가 어떤 지점에서 힘들어하고,
어떤 일들을 잘 해낼 수 있는지
마침내 차분히 정리해 볼 수 있는 시간이다.

이직은 앞으로의 커리어만큼이나
삶의 방향을 바꿀 수 있는 만큼
신중하게 고민할 필요가 있다는 뜻이다.

물론 돈을 따르고
워라밸을 좇는 것도 중요하지만

무엇보다도 신중하게 고려해야 할 것은
지금 몸담은 회사에서
꾸준히 해나갈 수 있는 일이 있는지
시간만 축내며 하루하루를
그냥 보내고 있는 것이 맞는지 살피는 것이다.

이직할 회사는 내가 얼마나 나아질 수 있고,
나아갈 수 있는 환경인지

꼼꼼하게 확인하는 것이다.

어제보다 더 나은 내일을 꿈꾸고
지금보다 더 좋은 회사를 바라면서
그렇게 더 성장할 자신을 그리면서 말이다.

현실에 마냥 안주하거나
의미 없는 비교만 일삼는다면
미래의 거품 같은 기대치만 높이는 격일 테니까.

중요한 건
따로 있다

○

나의 확신과 다른 이들의 확신이 비슷한 쪽이라면
그 사이에서 감초가 되면 되는 것이고

나의 확신과 타인의 의견이 다르다면
나는 내 선택에 집중하고,
결과로 증명해 내면 되는 것이다.

중요한 건 어떠한 선택을 했느냐가 아니다.
내가 내린 판단에 스스로 얼마나 자신이 있는가다.

여기서 많은 것이 판가름 나게 되기에.

포기하려는 사람에게
해주고 싶은 말

○

힘든 상황에서 벗어날 수 없었던 건,
버틸 힘에 집중했기 때문이었다.

분명 시작은 벗어나고 싶은 마음뿐이었는데,
하루하루 버티기에 급급한 상황이다 보니
모든 힘을 버티는 일에만 소모했다.

그렇게 하루를 보내고, 일주일을 보냈더니
버티는 일에는 익숙해지게 되었다.

드디어 버티는 일에 익숙해져서
벗어날 수 있을 줄 알았는데,

이제는 내가 쌓아놓은 벽 안에서
안온하게 머무르고만 싶은
희한한 마음이 들었다.

이제는 벗어날 힘을 내야만 하는데
그러지 않았다.

나에게 다시 냉정하게 묻고 싶다.
나는 정말 벗어나고 싶을 만큼
노력했는지, 또 간절했는지.

그리고 나 자신에게 말해주고 싶다.
아직은 포기할 때가 아니라고.
힘들겠지만, 지쳤겠지만 한걸음이라도
더 앞으로 나아가 보자고.

끝내 나는 할 수 있을 거라고.

시간이 지나면 괜찮아지는 게 아니라,
결국 내가 다 이겨내는 거더라.

너무 시간을 믿지 마.

안정

○

내가 편안해지는 방법은

불확실한 요소부터 제거하는 것.

잘되는 사람들의 특징

○

1. 가슴이 끓어오를 정도의 번뜩이는 생각과
아이디어를 절대 그대로 두지 않는다.
그 이유는 해봐야지만 직성이 풀리는
사람이기 때문이다.

2. 겁이 없다.
하지만 그들도 이전엔 똑같이 두렵고,
주저했던 순간을 이겨냈을 것이며
그 끝에 지금의 모습일 수 있었을 것이다.

3. 순간에 떠오른 생각을 절대 놓치지 않는다.
오랫동안 고민해도 풀리지 않던 문제가

문득 떠오른 생각으로 술술 풀릴 때가 있다.
그 순간의 생각, 또는 아이디어를 놓치는 건
긴 고민을 해결할 기회를 놓치는 것과 같다.

4. 냉정하다.
너무 긍정적이거나 이상적으로 생각하지 않고,
놓인 상황과 처한 상황에 집중한다.
겉보기에는 냉정해 보일 수 있지만,
오류 없이 문제를 수습할 수 있는 최선의 방법이다.

5. 고집스러울 정도로 본인의 방향을 믿으며
확신이 있다.
그 확신을 바탕으로 행동하는 경우가 많은데,
꼭 좋은 결과로만 흐르지 않더라도
그런 자신감 넘치는 추진력은
결국 성공의 방향으로 이끈다.

선택의 연속

○

자취를 시작하면서 제일 먼저 한 것은
오래된 집 바닥재에 타일 카펫을 까는 일이었다.
낡은 바닥재를 덮을 수 있을뿐더러
인테리어적으로도 근사한 집으로
꾸밀 수 있기 때문이었다.

작은 복층 원룸에 불과했지만
좁은 면적에 타일을 까는 데에도
3일이 꼬박 걸렸다.
그 덕분에 집의 분위기는 아주 근사해졌지만
먼지가 너무 많이 난다는 부작용이 있었다.

집에서 아무것도 하지 않아도
가구와 책상에 먼지가 쌓였고,
쌓여가는 먼지를 보면 청소를 마다할 수 없었다.

선택이 삶에 주는 영향은 크다.
내가 원하는 것을 하나 얻었다면,
그것이 낳는 후폭풍 또한
내가 처리해야 할 몫이다.

그래도 나는 앞으로도
나를 위한 선택을 해나가고 싶다.
내가 하고 싶어서 하는 일,
나에게는 실보다 득이 더 많은 일이라
믿어나가면서 말이다.

나는 이런 내가 좋다.

기로에 서서

○

물밀 듯이 다가오는 일들을
어느 하나도 포기할 수 없을 때,
우리는 고민에 빠진다.

일부를 선택해서 집중할 것인가,
아니면 전부 해볼 것인가.

전부를 해낼 수 있으면 좋겠지만
현실적, 체력적으로
한계에 부딪힌다는 걸 금세 알 수 있다.

밀려오는 일을 바라보며 두렵다고 느끼거나

벅차다는 생각을 할 수밖에 없는 것은,
온갖 상황이 해일처럼 다가오는 데도
그 자리에 멈춰 서 있기 때문이다.

무언가를 이루기 위해서,
또 좋아하는 것을 쟁취하기 위해서는
감수하고 포기해야 할 일이 많다.

공짜가 없는 세상에서 돈을 더 벌고 싶다면
그만큼 일을 더 해야 하고,
바쁜 일상 속에서 사랑을 포기할 수 없다면
상대를 위해 시간을 쪼개가며 노력해야 하며,
하고 싶은 일이 있지만,
학교나 회사로 인해 시간이 부족한 사람이라면
잠을 줄여서라도 하루를 길게 써야 하는 것들이
그 예시일 것이다.

다른 고민을 해야 한다.
일부를 선택할 것인지,

전부를 해볼 것인지가 아니라,
나 자신에게 무엇이 우선순위인지 자문해 봐야 한다.

눈앞에 펼쳐진 수많은 일들에
막막해할 필요는 없다.

내가 먼저 해야 하는 일이 무엇이고,
나중에 해도 될 일이 무엇인지
스스로 명확하게 가릴 수만 있다면,

내 삶의 어느 것을 희생하면서까지
해볼 수 있는 것인지 판단이 선다면,
그럼에도 불구하고 해낼 수 있다는
자신감이 든다면,
오히려 선택과 집중이 쉬워진다.

그렇게 조금씩 고민과 불안으로 가득 찼던
마음의 그늘이 걷힐 것이다.

노력이 부족했더니
끝내 결과가 만족스럽지 못했고,
시도에 게을렀더니 과정조차 멈춰버렸다.

매일이 똑같다고 불평했던 마음은
결국 매일을 똑같이 지나보낸 내 모습에서 비롯된 거였다.

나를 더 사랑하기 위해
던져보면 좋을 질문들

○

1. 비록 꿈과 목표가 확실하진 않아도
자신이 좋아하는 것을 자신 있게 말할 수 있는가.
목표와 꿈까지로 도약하기 위해선
내가 사랑하고 좋아하는 일을 서슴없이 해보고,
아는 것부터 시작해야 한다.

2. 보이지 않는 내면의 모습보다,
누군가에게 보이는 모습을 중요시하지는 않는가.
겉모습은 그저 겉모습일 뿐이다.
단단한 마음을 가진 사람은
보이지 않는 내면에 더 집중하고
자신을 중시하는 자세를 지닌다.

3. 높은 목표를 세워두고, 무조건 이루어야만 한다고
자신을 몰아붙이고 있지는 않은가.
작은 것부터 해결하고 경험하면서
성숙해지는 나 자신을 발견하는 것 또한 중요하다.
버겁지 않은 작은 것부터 차근차근 풀어내고
이루어내다 보면 나에 대한 믿음은 더욱 단단해진다.

4. 자신의 가치를 미처 모르고 있지는 않은가.
나의 가치는 누구보다도
내가 가장 잘 알고 있어야 한다.
상대에게 나의 가치를 제대로 인정받기 위해서는
우선 내가 나의 가치를 정확히 인지하는 것이 중요하다.

살아가는 방법도
마찬가지

○

현명하게 투자하기 위해서는
몇 가지 기준이 필요한데
그중에 가장 중요한 것은
'리스크 조절'과 '본인의 결정에 대한 믿음'이다.

리스크 조절을 하지 못하여
과도한 비중의 자금을 투입하면
스스로 감당하지 못할 결과를 초래하고

본인이 고심 끝에 내린 결정에 대한
신뢰가 손쉽게 무너진다면
멀쩡한 투자 방향을 틀어버리게 되기 때문이다.

신기하게도 이 두 가지는
실질적인 투자뿐만 아니라
살아가는 방법에도 잘 맞아 떨어진다.

내가 감당할 수 없을 정도의 일을
축적하듯이 부담하게 되면
설령 일을 다 해낼지라도
몸이 망가지거나 번아웃과 같은 결과가 생긴다.

굳건히 잘 살아오던 사람도
자신에 대한 신뢰를 저버리거나
의심하기 시작하게 되면
끊임없는 의구심 속에서 헤어나올 수 없기 때문이다.

투자나 하루를 살아내는 일은
이처럼 이질감이 있으면서도 닮아 있다.

투자로 부자가 되고 싶다는 바람과
오래도록 행복하게 살고 싶다는 기대가 닮아 있듯이.

절대 하면
안 되는 생각

○

노력을 많이 했으니,
시간을 많이 들였으니
절대 포기하면 안 된다는 생각은

정작 본질적으로 내가 내려야 할
판단의 초점을 흐려놓는다.

지금껏 해왔던 것들이 아까워서
어쩔 수 없이 앞으로 나아가는 것이 아니라

지금 놓지 못하고 있는 것이 왜 좋은지
냉철하게 고민하는 시간이 필요하다.

내가 오래도록 해왔던 일과
나의 삶을 지탱할 수 있게 하는 일은 다를 수 있다.

나의 삶을 지탱해 주는 일은 무엇인지,
그저 오래 해왔다는 이유만으로
스스로 놓지 못하고 있는 것은 아닌지
생각해 볼 필요가 있는 것이다.

때로는 아닌 일을 놓는 용기가
이후의 삶을 완전히 바꿀 수도 있기 때문에.

초점은 다른 곳에

○

보는 눈은 비슷비슷하다.

내가 좋다고 생각하는 것은
남들도 좋다고 생각할 수 있고

내 눈에 매력적으로 보이는 것은
남들 눈에도 탐낼 만한 가치가 있다.

그렇기에 앞으로
현명한 삶을 살기 위한 숙제는
선택과 고민의 시간을 줄이는 것에 있다.

판단

○

내가 다르다는 것을

바꾸려는 사람과
이해하려는 사람으로

이미 많은 것이 결정 난다.

부정적인 사람의 특징은
길게 생각하지 않고
넓게 살피지도 않는다는 것이다.

나조차도 해보기도 전에
'어차피 안 될 거야'
하고 생각하고 있는 것은 아닐까.

새로운 시도

○

파도의 역방향으로 나아가기 위해서는
몇 배의 힘이 필요하다.

그렇기에 익숙한 삶의 패턴 속에서
해보지 못했던 일에 도전하고 시도하는 사람은
그 자세만으로도 충분히 박수받을 만하다.

대부분 결심과 계획만 세우고는
아무런 실천 없이
하루하루 무의미하게 지나보내고 마는 시간을

스스로 꿈꾸고, 움직이면서

이 악물면서 버텨내고 있는 거니까.

비록 시작하는 지금은
어떤 결과를 맞을지 조금 막연할지라도

나는 그런 사람이 끝내 잘될 것이라
믿어 의심치 않는다.

생각의 전환

○

애써온 일들이 문제에 직면했을 때
보통은 자신이 시간과 노력을
충분히 들이지 않았다고 결론짓고
자책에 빠져버리곤 하지만

문제를 극복하기 위해 필요한 자세는
지나온 나의 시간과 노력을 의심하는 것이 아니라,
자신에 대한 믿음을 꺾지 않고
끊임없이 다른 방법을 찾아보는 태도이다.

앞으로 내가 무슨 일을 선택하든,
거기서 얻은 경험과 최선을 다하는 자세는
적어도 나만은 평가 절하하지 않을 것이다.

그 사실 하나면 무너지지 않기에 충분하다.

온전히 믿어야 할 사람은
나라는 것

○

조용한 나의 모습만 봐온 사람들은 믿기 힘들겠지만
나는 ENFP임을 부정하는 ENFP이다.

ENFP임을 부정하는 것도
ENFP 성향을 가진 사람들의 특징이라던데
그런 걸 보면 맞는 것 같기도 하다.

예전에는 버거울 정도로 큰 고민이나
힘든 일이 생기면
타인에게 상담하거나,
누군가를 만나 털어놓고 한풀이하는 것으로
마음에 쌓인 앙금을 풀어냈다.

그러나 결국 그들이 건네는 조언은
100퍼센트 나의 상황을 이해하거나
공감하지는 못하는 것이었다.

대부분 그들의 상황이나 경험에서
비롯된 조언이었고,
무턱대고 상담을 청했던 나의 행동이 누군가에게는
스트레스로 받아들여질 수 있음을 깨달았다.

물론 응원과 격려 뒤에 온기는 남았지만,
냉정하게 말하면
그들은 나의 인생을 책임져 주지 않기에
혼자일 때면 공허함이 더 크게 자리했으며
몹시 혼란스러워지기도 했다.

강연을 한창 하고 있을 무렵,
사람들이 내 강연을 들어주는 이유가 뭘까를
계속 생각하고 고민했었다.

유명 강사들처럼 명쾌한 해답을 내려주는 것도
아닌 것 같은데, 왜일까?
단지 내가 어떤 사람인지 궁금해서?

나와 비슷한 인생을 살아왔거나
그러한 생각을 품어온 사람들의 관심이었을까.

그러다 문득 내 인생조차도 불명확하면서,
타인의 인생에 내가 정답을 아는 것처럼
답을 내리면 안 되겠다는 생각이 들었다.

자신이 결정하고 스스로 나아가야 하는 삶인데,
내가 누군가에게 함부로 말해서는
안 되겠다는 두려움이 스며들었다.

결국 결정은 나 자신이 해야 한다는 것을,
판단은 내가 내려야 한다는 것을.
깨달았다.

나에 대한 책임을 지는 사람은
가족도, 친구도, 연인도 아니다.

오롯이 내가 책임져야만 하고
그 힘 또한 나에게서 나온다.

사람에게 지쳐서인지 정확한 이유는 모르겠지만
지금은 내가 일어설 힘을 내가 비축하고
만들어야 한다는 것을 너무나 잘 알고 있다.

내 안의 힘은 어떤 순간에든 나를 지켜줄 테니까.
최소한 나만은 나 자신을 단단하게 만드는 일을
가벼이 여기지 않기로 했다.

누군가가 인생 조언을
구한다면

○

사회에서 나보다 어린 사람들과 대화하다 보면
과거를 많이 떠올리게 된다.
정작 그 나이 때 내 모습은
더 어리숙했고, 세상에 불만족스러워했으며,
여러 부분에서 성숙하지 못한 삶을 살았기 때문이다.

그래서인지 내가 좋아하는 누군가가
내게 인생 조언을 구할 때면

나는 '지금이 정말 좋은 순간이야.
지금 생각해 보면 이때부터가 진짜 행복이지'라고
말한다.

나는 당신처럼 그러지 못했지만
지금의 삶을 더 소중히 행복하게 여기며
살라고 말이다.

그 사람이 보잘것없는 삶을
살고 있었던 것도 아니지만
적어도 그 상대가 내 나이가 될 때까지는
자신의 삶에 더 집중할 수 있도록
유도해 주는 것이 좋기에.

신기하게도 그렇게 말을 건네고 나면
자신의 삶이 더없이 특별해지는 감정을 느낀다.

인생을 더 오래 살아온 사람이
자신의 사람에게 조언해 줄 수 있는 최고의 말은
이런 것이 아닐까.

지금이 정말 좋은 순간이야, 라고.

잘된 사례라는 함정

○

결과만 보고
잘된 사례를 따르려고 하면 안 된다.

애는 그렇게 했대,
이렇게 했더니 잘됐대,
라는 말에 혹하면 안 된다는 것이다.

결과 중심적인 사회라곤 하지만
결과에만 집중하는 사람은
스스로 결정을 내리거나
소신을 끝까지 유지하는 것에 어려움을 느낀다.

투자 시장에는 이런 말이 있다.

"개미의 반대로만 하면 된다."

그 말은 내가 아닌 다른 여론이나

타인에게 휘둘리지 않아야 한다는 것이다.

'그거 아닌 거 같은데'라는 말로

하루하루 넘기며 망설이기보단

'그거 한번 해볼까?' 같은 마음이 필요하다.

사례는 타인에 의해서 만들어지는 것이 아니라

나로 인해 만들어질 수도 있는 것이니.

지금 놓지 못하고 있는 것이 왜 좋은지
왜 놓으면 안 되는 것인지
냉철하게 고민하는 시간이 필요하다.

요즘

○

보통 좋지 않은 것들은 그래요.

내가 인지했을 땐 이미
가장 심각한 때라는 걸.

과한 것도 문제

○

아직은 어설픈 식집사지만
꽃을 키우면서 알게 된 것이 있다면
여름에 꽃이 더 빨리 시든다는 것이다.

가끔 꽃집에 들러 프리지아나 거베라를
한두 대씩 사곤 했었는데
쨍한 날이 이어질 때면
꽃들은 일찍이 잎을 내려두었다.

꽃에 햇빛이 꼭 필요한 존재라는 것만 알고 있었지,
강한 볕 때문에 다른 계절보다
꽃이 더 빨리 시들 수 있음을

크게 생각하지 않았던 나에게는 신선한 충격이었다.

과유불급이라는 말처럼
과하다 싶을 때는 오히려
조심해야 할 시점일지도 모른다.

아무리 좋은 감정일지라도
선을 넘지는 않았는지
나의 그릇을 넘치진 않았는지
그때의 나, 상대는 어떤 상태였는지
한번 돌아보면 어떨까.

중요한 무언가를 잃지 않기 위해
때로는 지나침이 문제가 되기도 한다는 걸
잊지 않아야 할 것이다.

여느 때보다 날이 맑았던 날
창문가에 힘없이 축 처져 있는 시든 꽃을
나는 오랫동안 바라보았다.

남이
대신해 줄 수 없는 것

○

살다 보면 남이 대신해 줄 수 없는 것이 있다.
그러나 어떤 이는 자신이 주체가 되어야 할 일까지
남에게 의존한다.

여기서 말하고 싶은 건 수능 시험이나
면접과 같은 표면적인 사안을 말하는 게 아니다.

결국엔 나를 위해 취해야 할 태도나
스스로 찾아야 할 해결책까지
타인의 말 한마디에
크게 흔들리고, 고민하게 된다면
스스로가 단단해지고 단호해질 기회를 놓치는 셈이다.

남에게 많이 의지한다는 것은
부족한 경험에 따른 불안감 때문이라는 것을 안다.

타인의 말은 참고 사항일 뿐,
결과에 책임을 지는 것은 나의 몫이다.

설령 타인의 말이 맞는 방향이었다고 한들
나를 움직일 결정권은 나 자신에게 있기 때문이다.

그 과정은 어렵겠지만
누구의 도움도 없이 혼자 결정한 일로 얻은 경험과
타인의 자문으로 홀린 듯이 얻은 경험 중에
하나를 선택하라고 한다면

나는 주저 없이 전자를 택할 것이다.

내가 일궈야 하는 일

○

삶을 가만히 돌아보면
공평한 듯하면서도 불공평한 것 같다는
생각을 떨치기 어렵다.

어쩌면 '삶은 운칠기삼'이라는 말이
맞을지도 모르겠다.
운은 내 손으로 좌지우지할 수 없는 것이기에
30퍼센트의 기회라도 제대로 잡으려 애쓰며
살아가는 것이지 않을까.

기회를 기회답게 낚아챌 수 있고,
그 기회에 운까지 더해졌으면 하는

간절한 마음으로 말이다.

그러나 기회는 늘 원하는 순간에 찾아오지 않는다.
그렇기에 원하는 목표를 향한 무수한 노력과
자신을 향한 굳건한 믿음이
필연적으로 필요하다.

노력과 자신감은
1만 시간의 법칙을 따른다고 믿는다.
어떠한 것에 1만 시간을 쏟으면
유의미한 변화가 나타난다는 1만 시간의 법칙.

1만 시간은 결코 짧은 시간이 아니다.
하루로 바꾸면 417일 정도가 되고,
대략 1년하고도 1달이 조금 넘는 시간이 된다.

내 인생에 있어서
1만 시간 넘게 투자했던 일들을 떠올려 보니,
제법 지금의 삶에 뚜렷하게 기억에 남는 일이거나

지금의 나를 만들어준 이로운 과정들이었다.

결국 1만 시간의 법칙을 신뢰할 수밖에 없는 건
한 가지 일에 그만큼의 시간을 할애하고
몰두해 봐야지만 비로소 나의 노력에
자신감과 믿음을 쌓을 수 있기 때문이다.

스스로 느끼는 확신 없이는
아무리 좋은 기회와 운이 찾아올지라도
삶에 좋은 지표로 잡아 펼쳐나갈 수 없다.

운도, 기회도, 믿음까지 모두,
내 시간 속에서 내가 일궈야 하는 일이다.

피곤하지만
확실한 방법

○

한 번쯤은 이것저것 따지지 말고
미친 듯이 노력해 보는 거야.

네가 하려고 생각했던 일 외의
모든 것을 잠시 잊어두고 말이야.

무언가에 집중하면서
정신없이 달리는 순간에는
오히려 불안이나 조급함도 없어지더라.

조금은 피곤한 방법일 수 있지만
불안을 실행으로 덮어 없애는 거지.

그렇지만 그렇게 하나씩
네가 해내는 사이에
문득 뒤를 돌아봤을 땐
이미 많은 것들이 이루어져 있을 거야.

오히려
좋아하는 게
잘하는 것이 되면 좋겠지만
좋아하는 걸
분명히 아는 것이 더 중요한 거니까.

요즘의 당신에게 필요한
사소하지만 중요한 다짐들.

절대 포기하지 말자.

내가 걸어가는 이 길의 끝은
그 어느 것보다 빛날 테니까.

눈부시게 빛나는 날들이
너를 기다리고 있어

초판 1쇄 인쇄 2023년 4월 13일
초판 1쇄 발행 2023년 4월 20일

지은이 안상현
펴낸이 이경희

펴낸곳 빅피시
출판등록 2021년 4월 6일 제2021-000115호
주소 서울시 마포구 월드컵북로 402, KGIT 16층 1601-1호